AF231384

*Fête nationale
et autres poèmes*

LAURENT
TAILHADE

—

Fête nationale
et autres poèmes

Préface d'Olivier Barrot

Bernard Grasset
Paris

ISBN : 978-2-246-80526-7
ISSN : 0756-7170

Laurent Tailhade / Fête nationale et autres poèmes

Le 16 avril 1854, Laurent Tailhade naît à Tarbes, dans une famille bourgeoise, père magistrat, mère dévote. Élève médiocre, il obtient péniblement son baccalauréat en 1874 et s'inscrit à la faculté de droit de Toulouse ; aux bancs des amphithéâtres, il préfère les cercles littéraires, et, plutôt que d'étudier le Code civil, il écrit de la poésie. Après avoir reçu trois prix de l'Académie des Jeux floraux, il collabore à L'Écho des trouvères, *hebdomadaire littéraire toulousain. Ses parents, qui ne goûtent ni la poésie ni la vie de bohème, l'obligent à se marier. Il s'exécute, sans conviction ni succès ; l'écriture éclipse encore la vie. En 1880 paraît son premier recueil de poèmes,* Le Jardin des rêves, *préfacé par Théodore de Banville. Sous le pseudonyme de Lorenzaccio, il collabore au journal conservateur* L'Écho des vallées, *dans lequel il défend la monarchie et l'Église catholique. Tailhade s'installe à Paris en 1888 ; il se lie d'amitié avec Mallarmé, Verlaine, Heredia, Mirbeau, écrit dans des revues (*La Plume, Le Mercure de France, L'Ermitage*) et publie deux recueils de poésies :* Vitraux *et* Au pays du mufle *(1891). Poète, Tailhade est aussi pamphlétaire ; sous le pseudonyme de Tybalt, devenu anarchiste, il attaque la République, se moque de l'Armée, dénonce la pédophilie du clergé français et l'antisémitisme de la classe politique. Le 9 décembre 1893, à propos d'un attentat anarchiste à la Chambre des députés, il déclare à un journaliste : « Qu'importent quelques vagues humanités, si le geste est beau ! » Un an plus tard, alors qu'il dîne au restaurant Foyot, une bombe déposée par un anarchiste explose et le rend borgne. Il reste anarchiste. Lorsque éclate l'Affaire Dreyfus, il* soutient Émile Zola et raille les antidreyfusards, Drumont et Barrès en tête, dans un recueil de poèmes et d'articles provocateurs : À travers les grouins (1899). En 1901, ayant appelé au meurtre de l'empereur Nicolas II dans un article, il est condamné à six mois de prison, où il traduit le Satyricon de Pétrone, qui paraîtra aux éditions Fasquelle. La guerre éclate, il prend ses distances avec les anarchistes et affiche son patriotisme ; cela ne l'empêche pas de saluer la révolution bolchevique. Tailhade succombe à une série de congestions pulmonaires le 1er novembre 1919. Sacha Guitry, son ami, organise une souscription pour sa sépulture au cimetière du Montparnasse.

Fête nationale et autres poèmes, *première anthologie des poèmes de Tailhade, est extraite de deux volumes parus au Mercure de France :* Poèmes aristophanesques *(1904) et* Poèmes élégiaques *(1907). Les* Poèmes aristophanesques *rassemblent le meilleur de ses poèmes satiriques, issus pour la plupart d'*Au pays du mufle *et d'*À Travers les grouins*. L'écrivain s'y moque des rituels de la petite bourgeoisie, de la fausse vertu du clergé, de la niaiserie des célébrations nationales, mais aussi des écrivains pompeux et des artistes faiseurs.*

Il règle également ses comptes avec des ennemis politiques, comme Barrès (contre qui il s'est battu en duel) dont il raille la défaite aux élections législatives : « Il prodigue aux cochers de fiacre les saluts / Et l'épicier du coin ne le reconnaît plus ! »

Les Poèmes élégiaques *révèlent un amoureux de la littérature antique, un parnassien, un esthète. S'essayant avec talent aux formes fixes, sonnet, tercet, ballade, Tailhade dépose l'épée et s'arme d'une rose. Il imagine avec grâce le destin des « citharistes de la rue » : « Ce sont de beaux enfants de la chaude Italie / Ou des minnesingers du pays d'outre-Rhin, / Que le démon de l'Art, l'Amour et la Folie / Poussent vers d'autres cieux. »*

Qu'il s'agisse de la verve provocatrice de ses pamphlets ou de la délicatesse de ses rêveries antiques, on retrouve l'écrivain salué par

Remy de Gourmont dans Le Livre des masques *(1896) : « Latin de race et de goûts, M. Tailhade a droit à ce beau nom de rhéteur dont se choque l'incapacité des cuistres ; c'est un rhéteur à la Pétrone, également maître dans la prose et dans les vers. » Son style, toujours raffiné, proche de la préciosité, lui permet d'être élégant où tant d'autres, comme Léon Bloy, ne savent être qu'agressifs. Il était ce « comédien de la stylisation », pour reprendre les termes de Charles Dantzig dans son* Dictionnaire égoïste de la littérature française, *ce prince de l'irrévérence qui a su transformer l'épaisse satire en poèmes fins et délicats.*

Convenons-en sans ambages, Laurent Tailhade avait sombré pour longtemps, pour toujours peut-être, « dans la nuit froide de l'oubli » évoquée par Jacques Prévert, qui n'a, lui, jamais cessé d'être lu. Telle est l'incidente vocation des Cahiers rouges que de redonner vie : où trouver ailleurs des textes de Maurice Donnay, d'Émile Clermont, de Julien Benda ou d'Anatole de Monzie ? Laurent Tailhade (1854-1919), contemporain de Rimbaud, de Loti, d'Anatole France et de Lautréamont, Laurent Tailhade fantaisiste et imprécateur, Laurent Tailhade, natif de Tarbes, dont le nom n'apparaît plus guère dans les histoires récentes de la littérature. Qu'importe ? Je reçus il n'y a guère une liasse de poèmes de l'intéressé, accompagnée d'une amicale demande d'en préfacer la réédition. Curiosité de la relecture, de la découverte aussi : à moi pas plus qu'à quiconque, Tailhade n'était si familier, même si j'avais conservé en mémoire les évocations chaleureuses venues sous les plumes de commentateurs de haut vol. Je me suis référé à eux d'abord, afin de bien situer notre homme. Albert Thibaudet se souvient de « gargouilles archaïques étonnamment sculptées », Henri Lemaître vante sa « verve satirique », Axel Preiss retrace son « itinéraire surprenant », Charles Dantzig s'enchante de son goût du mot rare de « pamphlétaire maniéré ». Jean José

Marchand l'incollable commente une biographie de Tailhade par Gilles Picq et rappelle que le poète fut lauréat des Jeux floraux à dix-neuf ans. Henri Clouard, dont on devrait redonner les travaux si « littéraires » d'histoire… littéraire, préfère le polémiste au poète. Cependant, le plus disert, le plus savant, le plus éclairant demeure comme toujours Pascal Pia. Le tout premier article d'un troisième recueil récemment composé par Jean-Jacques Lefrère aux Éditions du Lérot, Pascal Pia l'intitule : « Laurent Tailhade ou Juvénal en 1900 ». Je ne connais pas de meilleure introduction à celui dont il écrivait : « Pour lire Tailhade comme il convient, il faut d'abord savoir sourire. »

Une enfance bourgeoise de fils de notaire scolarisé à Pau, marié puis tôt attiré en la capitale par la gloire du Parnasse. Moins alcoolisé que son cher Charles Cros, il ne dédaigne pourtant pas les estaminets du Quartier latin non plus que les agapes de la bohème, fréquentant Barrès, Verlaine, Moréas. Chroniqueur à *L'Écho de Paris*, collaborateur du jeune *Mercure de France*, anticlérical patenté et bientôt fervent anarchiste, Tailhade le dandy, sorte de Léon Bloy de gauche, produit ses premiers vers à la trentaine. En bonne logique esthète, il déteste la laideur, la vulgarité, la graisse, la tyrannie aussi, n'hésitant pas à brocarder les puissants, tel Jules Grévy, président de la République, ou le tsar Nicolas II lors de sa visite en France. N'intitule-t-il pas *Au pays du mufle* l'un de ses volumes de poèmes, qui ne ménage ni Bourget ni Loti, l'un et l'autre alors phares de la jeunesse, mais lui vaut les encouragements de Mallarmé ? Plus drôles encore, et relevées par Pia, ses attaques contre les fausses gloires – la postérité lui a donné raison –, pour des raisons extra-littéraires : Péladan et « l'odeur véhémente de ses pieds », Jean Aicard (que brocardera également Jules Romains dans *Les*

Copains), ce « babouin congénère », ou encore Georges d'Esparbès, né Thomas, romancier prolifique et ainsi croqué en quatre vers : « Avec le pur accent de Castres ou de Lombez, Fatigué de porter un nom de pot de chambre, Thomas qui harnaché d'un dolman bleu se cambre, Fais sous lui des romans et les signe Esparbès ». Oui, l'anarchisme, une doctrine fort bien portée au tournant du siècle, il suffit pour s'en convaincre de se pencher sur l'éminente *Revue blanche*. Tailhade paie son engagement d'un séjour en prison, pendant lequel il traduit le *Satyricon* de Pétrone, et perd un œil dans un attentat.

Imprévisibles détours. Voici plus tard un autre Tailhade, toxicomane, catholique extrême, écrivant au vitriol dans le quotidien antisémite *Le Gaulois*, dirigé, *sic*, par Arthur Meyer. Son impétuosité change de bord, dreyfusard, il virera au patriotisme en 14, ce qui n'est pas incompatible, et toujours défenseur des humiliés et offensés, il se montrera tenté par l'internationalisme. Quand il s'efface en 1919, on l'a déjà quelque peu remisé, même si de jeunes disciples l'accompagnent encore, tel l'alter ego de Cendrars, le Belge t'Serstevens, qui préface en 1925 une anthologie des poèmes de Tailhade. Son œuvre poétique, donc, objet de ce livre. On a établi un choix parmi deux ensembles, les *Poèmes aristophanesques* (1904) et les *Poèmes élégiaques* (1907), dont la facture apparaîtra totalement différente. Tailhade avait inclus *Au pays du mufle* dans le premier, on prendra de la sorte une juste mesure de sa véhémence, et de ses focalisations. Ainsi, dès « Vendredi saint », sonnet inaugural, Tailhade ne s'effraie guère de la vie des organes, de l'intime de notre corps, et témoigne même d'une obsession pour ce qui se produit en nous à notre insu. Plus loin, les humeurs et les déjections peuvent fleurir, et pourquoi pas ? Après tout, Victor Hugo avait bien versifié autour des lieux d'aisance, qui ne dégoûtent nullement notre Tailhade. Humaine condition, qui doit se résoudre au vieillissement, si insupportable aux femmes, celles surtout, actrices, courtisanes, mondaines, dont la vocation fut de séduire. Le lecteur d'aujourd'hui ne manquera pas d'être aussi saisi par la volubilité verbale de l'auteur, amateur de mots désuets ou forgés. Quant aux noms propres, plusieurs n'éveilleront pas grand-chose, ceux d'écrivains, d'artistes, de journalistes et de politiciens alors renommés et désormais obscurs. Ce qui ne retire rien au bonheur de lecture : Tailhade, à l'instar de tout poète de fantaisie, peut se dire à voix haute, pour l'agrément de l'assonance, exactement comme son cadet et ami Georges Fourest, dont *La Négresse blonde* et *Le Géranium ovipare* (tous deux disponibles dans cette même collection) ressortissent au même esprit.

Poèmes élégiaques : autre enjeu, bien plus classique, entre l'exigence symboliste et le formalisme parnassien. Toujours ce penchant pour les vocables chantournés, mais en une atmosphère de paradis artificiel, dans les vapeurs d'encens et les parfums de tubéreuse. Lointains souvenirs de Baudelaire et de Mallarmé, sensibilités délétères à la Huysmans, à la Montesquiou, vitraux de Mucha, esquisses de ce qui sera « l'Art nouveau ». De façon assez originale, Tailhade parvient à concilier l'émotion romantique (« La porte de l'église »), l'allusion sociale (« Les citharistes de la rue ») et l'audace formelle (« Prosopopée de Toulouse »). Ces vers, il vaut mieux cette fois les murmurer à mi-voix, les apprendre par cœur, ils se retiennent aisément, vrai plaisir :

« Et l'Ombre, et les Regrets, et l'Oubli sont vainqueurs (…), Ophélie a fermé ses yeux d'aigue-marine ».

Olivier Barrot.

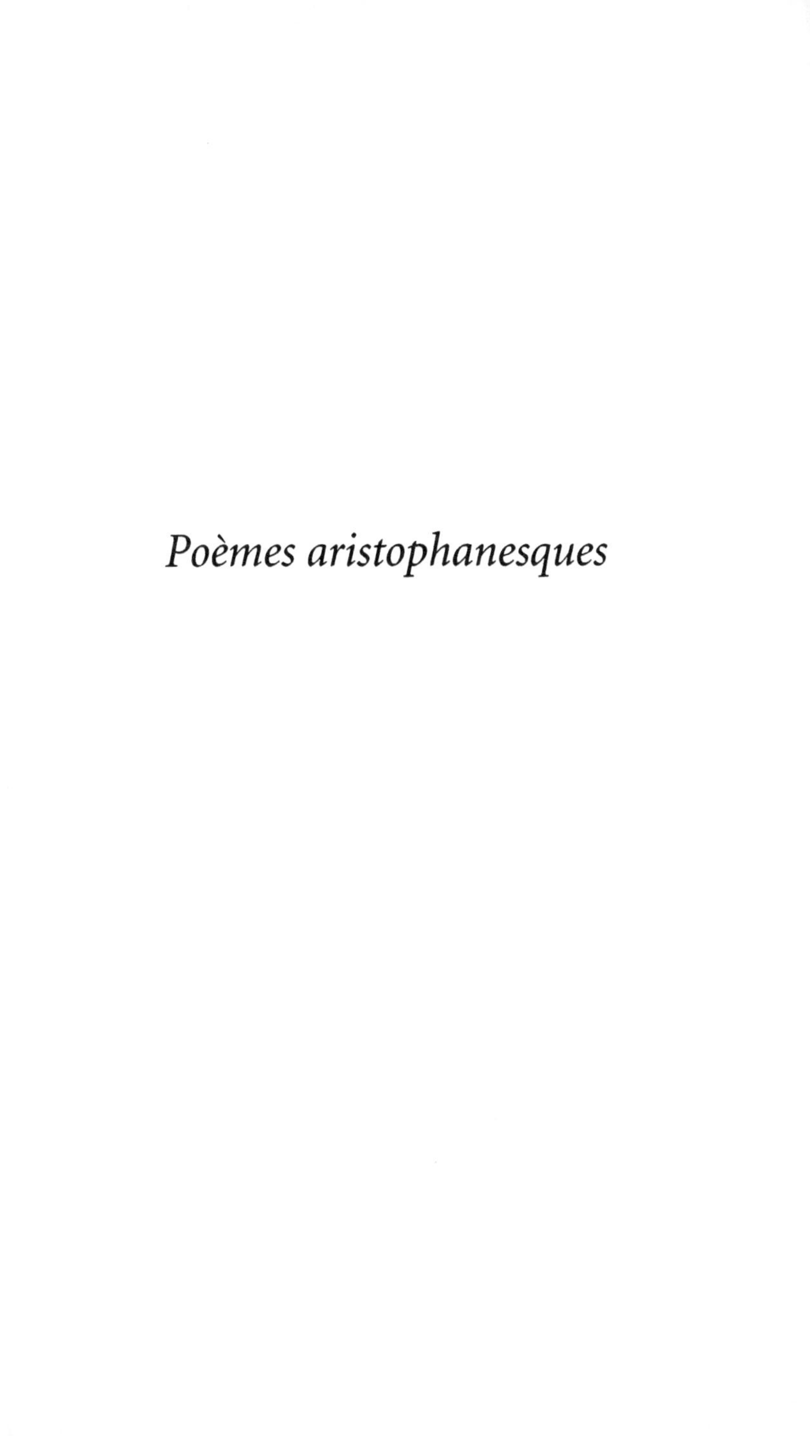

Poèmes aristophanesques

VENDREDI SAINT

Trop de merluche et des lentilles copieuses
– Seule réfection tolérée aux croyants –
Enjolivent de certains rots édifiants
La constipation des personnes pieuses.

Dans l'omnibus aucunement blasphématoire
Montent force nonnains, coiffes et canezou,
Et c'est un air de deuil en les boutiques où
Sourit la poire du Bienheureux Peyreboire.

Quelques petits enfants – dirai-je masturbés ? –,
Vers Saint-Sulpice, et leurs maîtres, larges abbés,
Du goguenot prochain éjouissent la vue :

Et, près d'eux, obstruant le degré colossal,
Un homme-affiche avec cette annonce imprévue :
« Concert spirituel à Tivoli-Vauxhall. »

DÎNER CHAMPÊTRE

Entre les sièges où des garçons volontaires
Entassent leurs chalants parmi les boulingrins,
La famille Feyssard, avec des airs sereins,
Discute longuement les tables solitaires.

La demoiselle a mis un chapeau rouge vif
Dont s'honore le bon faiseur de sa commune,
Et madame Feyssard, un peu hommasse et brune,
Porte une robe loutre avec des reflets d'if.

Enfin ils sont assis ! Or le père commande
Des écrevisses, du potage au lait d'amande,
Toutes choses dont il rêvait depuis longtemps.

Et, dans le ciel couleur de turquoises fanées,
Il voit les songes bleus qu'en ses esprits flottants
A fait naître l'ampleur des truites saumonées.

RUS

Ce qui fait que l'ancien bandagiste renie
Le comptoir dont le faste alléchait les passants,
C'est son jardin d'Auteuil où, veufs de tout encens,
Les zinnias ont l'air d'être en tôle vernie.

C'est là qu'il vient, le soir, goûter l'air aromal
Et, dans sa *rocking-chair*, en veston de flanelle,
Aspirer les senteurs qu'épanchent sur Grenelle
Les fabriques de suif et de noir animal.

Bien que libre-penseur et franc-maçon, il juge
Le dieu propice qui lui donna ce refuge
Où se meurt un cyprin emmy la pièce d'eau,

Où, dans la tour mauresque aux lanternes chinoises
– Tout en lui préparant du sirop de framboises –,
Sa « demoiselle » chante un couplet de Nadaud.

BARCAROLLE

Sur le petit bateau-mouche,
Les bourgeois sont entassés,
Avec les enfants qu'on mouche,
Qu'on ne mouche pas assez.

Combien qu'autour d'eux la Seine
Regorge de chiens crevés,
Ils jugent la brise saine
Dans les Billancourts rêvés.

Et mesdames leurs épouses,
Plus laides que des empouses,
Affirment qu'il fait grand chaud

Et s'épaulent sans entraves
À des Japonais très graves
Dans leurs complets de Godchau.

CHEMIN D'ÉGLOGUE

Vers le train allongeant ses « bidels » sur la voie,
L'essaim hilare des calicots s'est rué
Dans les compartiments où les gens ont sué
Il s'installe, joyeux d'une émétique joie.

En face de la grue énorme dont le busc
Malaisément contient une gorge bovine,
Les bouquins de Drumont édités par Savine
Délectent un bourgeois qui ne sent pas le musc.

Cela fleure l'odeur des pieds, la caquesangue
Des enfançons et le mégot qui, sur la langue,
Vous fait passer comme un renvoi de Krysinska.

Et, plus loin, les époux Duvedeau qu'accompagne
Leur héritier, couleur de morve et de caca,
Soignent le melon qu'ils portent à la campagne.

MUSÉE DU LOUVRE

Cinq heures. Les gardiens en manteaux verts, joyeux
De s'évader enfin d'au milieu des chefs-d'œuvre,
Expulsent les bourgeois qu'ahurit la manœuvre,
Et les rouges Yankees écarquillant leurs yeux.

Ces voyageurs ont des waterproofs d'un gris jaune
Avec des brodequins en allés en bateau ;
Devant Rubens, devant Rembrandt, devant Watteau,
Ils s'arrêtent, pour consulter le *Guide Joanne*.

Mais l'antique pucelle au turban de vizir,
Impassible, subit l'attouchement du groupe.
Ses anglaises où des lichens viennent moisir

Ondulent vers le sol ; car sur une soucoupe
Elle se penche pour fignoler à loisir
Les Noces de Cana qu'elle peint à la loupe.

PLACE DES VICTOIRES

Les femmes laides qui déchiffrent des sonates
Sortent de chez Érard, le concert terminé
Et, sur le trottoir gras, elles heurtent Phryné
Offrant au plus offrant l'or de ses fausses nattes.

Elles viennent d'ouïr Ladislas Talapoint,
Pianiste hongrois que le *Figaro* vante,
Et, tout en se disant du mal de leur servante,
Elles tranchent un cas douteux de contrepoint.

Des messieurs résignés à qui la force manque
Les suivent, approuvant de leur chef déjà mûr ;
Ils eussent préféré le moindre saltimbanque.

Leur silhouette court, falotte, au ras d'un mur,
Cependant que Louis, le vainqueur de Namur,
S'assomme à regarder les portes de la Banque.

À MARIER

Est-ce une cangue, est-ce un carcan
Qui lui tient le col de la sorte ?
Est-ce une peau de bête morte,
Son collet de vague astrakan ?

Elle parut au monde quand
Monsieur Chevreuil sortait de page.
Et l'haleine qu'elle propage
Mettrait en fuite le grand khan.

Pour le magyare et le cacique,
Elle teignit sa hure ainsi que
L'or grisonnant de ses cheveux.

Tels les maquignons, dans les foires,
À force de vésicatoires,
Maquillent un bidet morveux.

CONSCRITS

(À LA MANIÈRE D'ESPARBÈS)

Aigle de Boustrapa, voici ton jour ! Les Gars,
Ceux de la Haute avec ceux de l'Épicerie,
Se gondolent vers ta loterie, ô Patrie,
Sous l'œil des marchichefs et des maires gagas.

Ils arrivent du claque ou bien des séminaires,
Fils de cocottes chez les Oblats éduqués,
Courtauds de magasins, lopettes dont les quais
Ont vu les jeux, parmi leurs dômes urinaires.

L'âme française chante (ô que faux !) dans leurs voix ;
Ils s'arrêtent pour dégurgiter du pivois,
Tel un cabot perdu que l'on mène en fourrière.

La Victoire, aujourd'hui, leur montre le chemin
Et des boxons épars leur ouvre la barrière.
Vivat ! Le copahu renchérira demain.

RUE DE LA CLEF

Coco, dit Tape-à-l'Œil, professeur de savate,
Camelot et dompteur de caniches, ayant
Sur quelque pante aussi lourdaud que flamboyant
Prélevé le mouchoir, la bourse ou la cravate,

Est dans les fers. Le désespoir règne parmi
Tant d'épouses qu'il asservit à sa conquête
Et ces « dames » du Chabannais font une quête
Pour que soit d'un peu d'or son courage affermi.

Mais, enclin aux repos que lui fait Pélagie,
Le « petit homme » anémié se réfugie
Près des conspirateurs dont brille cet endroit :

Et, fier de ressucer les mégots qu'il impètre
Chez les poètes et chez les docteurs en droit,
Il savoure l'orgueil de voir des gens de lettres.

INITIATION

À Saint-Mandé. Parmi les badauds hésitants,
Le cornac loue avec pudeur sa marchandise,
Une Vénus d'un poids énorme et, qu'on le dise !
Montrée aux hommes seuls de plus de dix-huit ans.

Des militaires, des loustics entre deux âges
Pénètrent, soucieux du boniment complet,
Sous la tente où, massive et fidèle aux usages,
La dame, en tutu rose, exhibe son mollet.

Seul, un potache ému de cette plasmature
Gigantale, pour voir des pieds à la ceinture,
Allonge un supplément dans le bassinet gras.

Et tandis que, penaud, vers l'estrade il s'amène,
D'un accent maternel et doux, le Phénomène
Lui dit : « Tu peux toucher, monsieur, ça ne mord pas. »

HYDROTHÉRAPIE

Le vieux monsieur, pour prendre une douche ascendante,
A couronné son chef d'un casque d'hidalgo
Qui, malgré sa bedaine ample et son lumbago,
Lui donne un certain air de famille avec Dante.

Ainsi ses membres gourds et sa vertèbre à point
Traversent l'appareil des tuyaux et des lances,
Tandis que des masseurs, tout gonflés d'insolences,
Frottent au gant de crin son dos où l'acné point.

Oh ! l'eau froide ! oh ! la bonne et rare panacée
Qui, seule, raffermit la charpente lassée
Et le protoplasma des sénateurs pesants !

Voici que, dans la rue, au sortir de sa douche,
Le vieux monsieur qu'on sait un magistrat farouche
Tient des propos grivois aux filles de douze ans.

FOIRE AUX JAMBONS

(INTIMITÉ)

Ma mignonne, voici l'avril ! Un air plus doux
Où flotte l'âme populaire du saindoux
Et des frites, ce soir, invite aux indécences
Les troubades sortis avec leurs connaissances.
Les boutiquiers ventrus, aux blairs de tamanoir,
En famille, ont empli le boulevard Lenoir.
Ils gagnent, essoufflés, la barrière du Trône
Et les lutteurs forains sont tous en maillot jaune !
Viens ! nous allons humer des glaces à deux sous,
Dédaignant le concert arabe, où les dessous
Précaires des oulels-naïls sentent le rance.
– Comme il est pur le ciel de notre belle France !
Viens ! nous irons tous deux, fidèles au drapeau,
Complimenter l'« homme de bronze » dont la peau
Fait voir l'airain si cher à monsieur Déroulède.
Le sabre, le fusil, la dague de Tolède
Figurent, à son poing aimé des caporaux,
Les croûtes de Neuville et celles de Morot.
Nous prendrons notre part de ces plaisirs austères
(Trois sols pour les pékins, deux pour les militaires)
Et notre cœur où Jeanne d'Arc palpite encor
Magnifiera Boisdeffre avec l'État-Major.

Nous déambulerons parmi les odeurs grasses
– Tes bottines à huit francs cinquante, un peu lasses –,
Jusqu'à l'heure où, la main dans la main, et suçant
Les berlingots, dont le parfum est innocent,
Nous gagnerons, vers la place de la Bastille,
Les tirs aux macarons, luisants de canetille
Et l'échoppe où l'on voit, telle que nos guerriers,

Une hure de porc ceinte de verts lauriers.

FÊTE NATIONALE

(INTIMITÉ)

Le quatorze Juillet et ses chevaux de bois,
Ses guinches, où les bons zigues, saouls de pivois,
Étreignent, pour l'en-avant-deux, leurs maritornes,
Tandis que les cocus vont aérant leurs cornes,
Me charment. J'ai revu, place du Panthéon,
Le doux vieillard qui jouait de l'accordéon
Dans la rue Oudinot, presque sous mes fenêtres,
À l'heure où la splendeur de Félisque et ses guêtres
Se dérobaient parmi les mégissiers obscurs.
Car j'ai toujours aimé les humbles aux cœurs purs,
Aux pieds douteux comme un vers de *Pour la Couronne*,
Car je suis le passant bénin, que n'environne
Aucun rayon, aucun éclair, aucun soleil.
Mes articles me font aux concierges pareil.
Aussi, dès que revient la date fatidique
Où la junte des mannezingues se syndique
Pour imbiber de furfurol le populo,
Je hisse à mon balcon – ainsi qu'au bord de l'eau –
Quelque tremble où le soir ému se décolore

Un étendard fait de flanelle tricolore.

VIEILLES ACTRICES

À Georges Maurevert.

Toujours belles ! Toujours pimpantes ! Toujours fraîches !

Camélias sculptés dans un cœur de navet,
La plupart en étaient à la saison des pêches
Au temps de Rémusat et de Montalivet.

Des princes, morts depuis, chargés d'ans et de gloire,
Sous le bandeau royal écrasaient leur chevet.
C'est par là que devient une enseigne notoire.

Les poètes d'alors, plus creux que des tambours,
Vantaient leurs cols de cygne et leurs hanches d'ivoire,
Leurs dents de nacre et leurs paupières de velours.

On redisait leurs noms dans les sous-préfectures,
Déjà ! tant qu'au Marais, où vivent des gens gourds,
Le quincaillier tremblait pour sa progéniture.

Comme la Montijo, quand on la couronna,
Elles trouvaient des Cassagnac sous leur voiture.
On ne peut écraser que le mufle qu'on a.

Depuis ces ans lointains de leur âge nubile,
Peintes comme on repeint *Les Noces de Cana*,
Elles se targuent de rester indélébiles.

Obstinément, leurs crins sont d'or fauve ou de jais,
En dépit de la couperose et de la bile
Qui s'infiltrent dans leurs appas découragés.

Leurs crevasses, comme d'un mur sans ravenelles,
Attirent les galants de Nîmes ou d'Angers
Que ne satisfait plus l'amour des péronnelles.

Maintes, pour redonner à leurs fanons pendants
Quelque ragoût et pour égayer leurs prunelles,
Se maquillent de cosmétiques abondants.

À l'heure du coiffeur et de la camériste,
Elles s'implantent des cheveux, des seins, des dents
Et s'imbibent de sucs fournis par l'herboriste.

Ô nymphes de l'an mil huit cent soixante-sept,
Vous de qui le printemps se conjugue à l'aoriste,
Vous dont la gorge flotte en amont du corset,

Restez jeunes ! Tordez vos croupes sur les planches,
Du cantique d'Éros égrenez les versets
Et déshabillez-vous dans des étoffes blanches !

Prodiguez, prodiguez les gemmes et les fards,
Semez les lis, les boutons-d'or en avalanches :
Et vous garde Cypris des blêmes nénuphars !

Ainsi perpétuant votre los historique,
Honneur de la province, orgueil des boulevards,
Vous durerez plus que le marbre ou que la brique.

Les nouveau-nés, bétail chéri du *Petit Bleu*,
Délecteront leur adolescence lubrique,
Dans vingt ans, rien qu'à voir l'ardeur de votre jeu.

Et quand nous descendrons la funèbre vallée
Sans qu'ait tinté pour vous l'heure du couvre-feu,
On vantera vos pâmoisons échevelées.

Telles vous possédez le suprême élixir,
Inconnu des Paracelses, des Apulées,
Philtre par qui se peut le Temps même adoucir.

Édulcorant pour vous xénie et ménippée,
Le monde vous sait gré – pourquoi ? – de faire issir
Quelque chose des vers purgatifs de Coppée.

D'avoir pris Jean Aicard, Jean Lahor, Jean Rameau,
Tous les Jean de cervelle ou de gambe éclopée,
Et de dire, en montrant leur fiole : *Ecce homo !*

Vous chanterez leurs vers aux races inconnues
Qui vivront ignorant Jacquelin ou Momo,
Mais qui ne cesseront de vous porter aux nues.

L'arrière-petit-fils du premier Richepin
Dans ses pièces exhibera vos jambes nues
Assumant le cothurne ou chaussant l'escarpin.

Et les Croisset d'alors vous feront voir au bain.

QUATORZAIN D'HIVER

À LA LOUANGE DE CLAUDICATOR LE BÉNÉVOLE

> Notre subtil et brillant écrivain a réprouvé…
> Un reporter de *La Patrie*.
> La paix est ton but, ô Pacifique !
> E. Renan, *Invocation sur l'Acropole*.

Rameau chantait : Je ne suis pas joli, joli ;
Rivarol a trouvé chez moi son antipode.
Ignorant tout français, je beugle mes épodes,
Avec le geste d'un qui fait pipi au lit.

Les plumassières dont j'illustre les soirées
Baillent quelques écus pour m'entendre. Et voilà
Qu'avec Dreyfus, avec Scheurer, avec Zola,
Un marasme soudain alanguit mes rentrées.

Le commerce est dans le marasme ! ce qui fait
Que j'ai, ce soir, lavé la tête et dit leur fait
Aux gazetiers que Millevoye excommunie.

Destin, sauve la France et garde ses *quibus*
Au poète cagneux qui grimpe en omnibus
Et « va-t-en ville » pour gasconner son génie !

RONDEL

Dans les cafés d'adolescents
Moréas cause avec Frémine :
L'un, d'un parfait cuistre a la mine,
L'autre beugle des contresens.

Rien ne sort moins de chez Classens
Que le linge de ces bramines.
Dans les cafés d'adolescents,
Moréas cause avec Frémine.

Désagrégeant son albumine,
La Tailhède offre quelque encens :
Maurras leur invente Commine
Et ça fait roter les passants,
Dans les cafés d'adolescents.

GENDELETTRES

Cœur de lapin, ventre de porc, nez de gorille,
Incarnation des plus saumâtres Wishnous,
Dubut de Laforêt qu'une gale essorille,
Étant un pur gaga, rayonne parmi nous.

Chez Peter's où le veau de truffe et de morille
S'assaisonne pour les journalistes brenoux,
Le jovial idiot Octave Pradels brille
Et le gros Formentin concague ses genoux.

Voici Pompon ! Richard O'Monroy ! Voici même,
Empereur de la sole et Pape de la brème,
L'unique Poitrasson, le vrai, le maquereau

Qui, pour consolider ses petits bénéfices,
Des putains en renom cote les orifices
Et que les ronds-de-cuir citent à leur bureau.

CHAUVINISME SARDINIER

Or, les Nantais ont fait savoir au bureau de
l'Association qu'ils refusaient de recevoir ses
membres, si M. Grimaud en restait président.

Dr Paul ARCHAMBAULT.

Capitaines vaseux, gentillâtres dévots,
Et les sous-offs, et les vicaires aux pieds sales,
Devant Grimaux (un syndiqué !) ferment leurs salles,
Et tous, avec transport, beuglent comme des veaux.

Car la Province, dont les mœurs sont étonnantes,
Prise Judet, Boisdeffre et Pellieux aussi.
Les miracles de Lourde et l'ange Esterhazy
Conjouissent le cœur imbécile de Nantes.

C'est pourquoi les marchands de thon, les hobereaux
Se rebiffent à la manière des taureaux,
Abominant le juif sur la Loire et sur l'Erdre.

L'eau bénite leur est un « sortilège bu ».
Ce qu'on leur voit d'esprit court en Drumont se perdre :
À ses causes, il sied de dire – tel Ubu –

Pour la rime et pour la raison : « Vive l'Armerdre ! »

VIEILLE DAME

Après avoir morné tant de robustes piques
– Heureux vaincu de ce combat qui lui fut cher –
Et poussé dans le plus intime de sa chair
« Les dragons chevelus, les grenadiers épiques »,

Ma tante Hippobinos adhère au boniment
Coppéen, par qui va fleurir la Paix aimée,
Sans nul autre désir que prouver à l'Armée
Son amour, en détail et collectivement.

Palpitant des viols subis avec ivresse,
Il imbibe les régiments de sa caresse,
Donne aux tringlots des noms de princes fabuleux,

Son cœur est grand ouvert à leurs jeux délétères,
Patriote comme chausson ! – Les cordons bleus
Et les vieilles putains aiment les militaires.

LA MALÉDICTION DE PALLAS

C'est au Palais-Bourbon plein de vétérinaires
Et de curés aux pieds fétides, que Pallas
Athéné, revoyant ce flot de cancrelats,
Se soulage en des hexamètres débonnaires :

Les voici donc tous ces goîtreux que décapa,
Dans les bourgs ou les préfectures taciturnes,
Le bain mal odorant et propice des urnes.
Voici Paul Deschanel plus veau que son papa.

Mais, hélas ! pour charmer l'ennui des heures flasques,
Je ne reverrai plus Barrès pareil aux masques
D'un Talleyrand dentiste ou d'un Guizot portier.

Et nous pleurons, moi la Déesse et lui la peste,
Devant le noir Destin qui ne fait nul quartier,
Les deux cent mille francs que lui coûta sa veste !

SONNET

Marquis de Vascagat, ô Géronte, ô Gavroche,
Qui de la *gens* Vervoort appuyez le turbin,
Voici le temps pour vous, paillasse et coquebin,
D'exhaler un esprit qui n'est pas sans reproche.

Drumont, le sacristain nidoreux, le larbin
Dont les femmes en mal d'enfant craignent l'approche,
Laid comme un pou, va siéger près d'Ernest Roche.
Votre beau-frère seul clapote dans son bain.

Il ne connaîtra pas, ce phénix des beaux-frères,
La tribune où, deux fois, malgré les vents contraires,
Barrès porta sa tripe à la mode de Kant.

Pour sa croupe d'azur que le claque jalouse
Brummel n'aura de frac ni Thivrier de blouse
Et Lisbonne dira qu'il manque un peu de *cant*.

Les électeurs de la Meurthe et de la Moselle
Curés, pacants, bourgeois aux gants de filoselle,
Mastroquets, tenanciers de lupanars aussi,
Les électeurs de Toul, de Briey, de Nancy,
Marguilliers sur leurs bancs et maçons dans leurs loges,
Se désopilent à déraciner les Vosges.
Car, tandis que Drumont, en Alger, fait florès,
La Moire, le Destin, l'*Anankè* sur Barrès
Exercent des rigueurs à nulle autre pareilles.
En vain il rebattit sans pudeur nos oreilles
De la Lorraine (cet Auvergnat ?), du drapeau
Et de Hegel, les électeurs disent : « La peau ! »
Ô comble de misère ! Ô douleur forcenée !
Pendant quatre ans encor, nous verrons des *Journées
Parlementaires* et les articles mordants
Où l'Intellectuel aux mâchoires sans dents
Exhale, chaque soir, âme de griefs pleine,
Sa rancune et le faguenas de son haleine.

Qui pourrait cependant représenter l'émoi
Dont renâcle, en ce jour, le pontife du Moi ?
Avoir léché le… dos clérical de Boisdeffre
(Rostand demanderait une autre rime en *effre*),
Avoir gueulé, tel un putois, contre Zola,
Être la crème des pleutres, et rester là !
Cassagnac de qui les grands-mères, par la queue
Se suspendaient aux cocotiers des forêts bleues,

Cassagnac, le babouin de Gascogne est élu,
Et Millevoye, et Déroulède qui n'a lu,
Tant son âme est par le chauvinisme rouillée,
Ni Schopenhauer, ni les bouquins de Fouillée !

    Ainsi Barrès, dont le suffrage universel
Goûte modérément le dandysme et le sel,
Récrimine. Un mégot à parfum de lessive,
Un *soutados* puant lui gratte la gencive,
Il prodigue aux cochers de fiacre les saluts

Et l'épicier du coin ne le reconnaît plus !

BALLADE

POUR EXALTER LES DOYENNES DU PERSIL

> Viennent les marguilliers pervers,
> Les bedeaux porteurs de cautères,
> Les gros messieurs chargés d'hivers
> Je couronnerai d'ænothères,
> De lilas et de myrthes verts
> Toute la Chambre des Notaires !
>
> L. T.

Leurs mamelles où nos bisaïeux se sont plus
Ballottent, à présent, de manière fantasque.
Le henné rouge sur leurs crânes vermoulus,
Leurs crânes pareils à des ris de veau boullus,
Imprime tels magmas qu'on ne rincera plus.
Leurs museaux d'ichneumon, de pieuvre, de tarasque
Bâillent : ainsi le trou punais de l'Achéron.
Voici les dents d'émail sur le chicot marron
Et les robes couleur d'enfants, rose ou citron :
Car ces dames, ayant braguettes soulagées,
De fastueux chichis pavoisent leur giron :
Los aux vieilles putains d'ans et d'honneurs chargées !

En faveur des meschins pauvres et résolus,
Leur générosité vénérienne casque.
Ignorant, comme il sied, Malte-Brun ou Reclus,
Le muletier avec force auvergnats poilus

Affronte de grand cœur ces palus et ces glus
Fétides, nonobstant les huiles bergamasques.
(Est-il bardeau, mulet, viédaze, aliboron,
Pour oser en tel lieu risquer un paturon ?)
Elles défaillent avec les cris de Baron
Au seul aspect des génitoires insurgées
Et monsieur Deschanel à les servir est prompt :
Los aux vieilles putains d'ans et d'honneurs chargées !

Clamons : *Io pœan !* En des bouquins peu lus,
Carmen Sylva, la Ratazzi qui semble un masque
Japonais et madame Adam aux bras velus
Des petits jeunes gens quémandent les saluts.
– Ô sous vos cheveux bruns Lafayette et Caylus !
Sans parvenir jamais à la dernière frasque,
Elles bouillonnent, tel un magique chaudron,
Cependant qu'imbibé de fards et de goudron,
Loti, cagneux mais beau, darde son éperon
Pour l'ébattement des vétustes Lalagées
Et présente frère Yve à leur décaméron.
Los aux vieilles putains d'ans et d'honneurs chargées !

ENVOI

L'arbre caduc, jetez les rameaux et le tronc.
Prince, beau tourmenteur, Ezzelin ou Néron,
Coiffe ton casque d'or, atteste le héron
Et que grands-mères par tes ordres fustigées
Elles payent enfin leur obole à Caron,
Ces antiques putains d'ans et d'honneurs chargées.

BALLADE

TOUCHANT L'IGNOMINIE DE LA CLASSE MOYENNE

Croutelevés et marmiteux
De Nevers, de Chartre ou de Tulle,
Spatalocinèdes piteux
Couverts de gale et de pustule,
Ce bourgeois qui récapitule
– Étant ladre mais folichon,
Le *quantum* de votre sportule,
C'est de la viande de cochon.

Philistins gâteux, ce sont eux,
Les miteux, que chacun gratule,
Malgré leurs gestes comateux,
Leur ventre et leurs doigts en spatule ?
Gazons ceci de quelque tulle :
Ô Pétrone ! faut un bouchon
Quotidien dans leur fistule.
C'est de la viande de cochon.

Tous, notaires galipoteux,
Monteurs de coups et de pendule
Dentistes, avoués quinteux,
Tous, le jobard et l'incrédule,
Violent, moyennant cédule,
Et tous, pour ne payer Fanchon,
Citent les *Devoirs* de Marc-Tulle :
C'est de la viande de cochon.

Prince dont le boyau flatule,
Paul Bourget et madame Hochon,
Et Deschanel, et sa mentule,
C'est de la viande de cochon.

BALLADE

DE LA GÉNÉRATION ARTIFICIELLE

> MÉPHISTOPHÉLÈS. – Un homme ! Et quel couple amoureux avez-vous donc enfermé dans la cheminée ?
>
> WAGNER. – Dieu me garde ! L'ancienne mode d'engendrer, nous l'avons reconnue pour une véritable plaisanterie. – ... Nous tentons d'expérimenter judicieusement ce qu'on appelait les forces de la Nature ; et ce qu'elle produisait jadis organisé, nous autres, nous le faisons cristalliser.
>
> GOETHE. – *Le Second Faust.*

Wagner, chimiste qu'exténue
Le grimoire du nécromant,
Distille, au fond de sa cornue,
La salamandre et l'excrément,
Et le crapaud que, doctement,
Assaisonne la verte oseille,
Pour que soit clos, en un moment,
L'homuncule dans la bouteille.

Catarrheux, il étreint la Nue.
Fi de la Belle au bois dormant !
Fi de la galloyse charnue,
Du mignon et de la jument !

Gaûtama ! le renoncement
Absolu que Ton Doigt conseille
Préside à cet accouchement :
L'homuncule dans la bouteille.

Plus de vérole saugrenue !
Plus d'argent-vif ou d'orpiment !
Hélène, avec sa beauté nue,
Intoxique le jeune Amant.
… vous donc tout simplement,
Au coin du feu, sous une treille :
Puis décantez modestement
L'homuncule dans la bouteille.

ENVOI

Fleurs des gitons, prince charmant,
Non pareille est cette merveille
Offerte à votre étonnement :
L'homuncule dans la bouteille.

BALLADE

De Montmartre ou de Villejuif,
De Saint-Omer ou de Beaucaire,
Sintoïste, mormon ou juif,
Clerc d'huissier ou d'apothicaire,
Maçon aux gestes en équerre,
Soudrille imbu de chasselas
Qu'embrase parfois la moukère,
Va dormir chez Saint-Nicolas !

Une odeur de crotte et de suif
Et de ratatouille précaire
Dans l'escalier dégueule bouïf.
Au lit égayé d'urticaire,
La punaise des deux Macaire
Et ces poux que tu régalas,
Benoît Labre, se font enquerre.
Va dormir chez Saint-Nicolas !

Exécrable au doux monsieur Cuïf,
Le boucher succède au vicaire
Alternatif avec le bouïf.
Beauclair, émule de Vicaire,
Dissipant son meilleur calcaire,
Pour dix francs – prix de ces galas –

Rêve aux oulels-naïls du Caire !
Va dormir chez Saint-Nicolas.

ENVOI

Prince, madame Ségalas
Aux bas-bleus ne la vante guère.
Mais Jean Chouard s'équipe en guerre :
Va dormir chez Saint-Nicolas.

BALLADE

SUR LE PROPOS D'IMMANENTE SYPHILIS

> Toi, jeune homme, ne te désespère point :
> car tu as un ami dans le Vampire malgré ton
> opinion contraire. En comptant l'acarus
> sarcopte qui produit la gale, tu auras deux amis.
> *Les Chants de Maldoror*, chant Ier.

Du noble avril musqué de lilas blancs
Hardeaux paillards ne chôment la nuitée.
Mâle braguette et robustes élans
Gardent au bois pucelle amignottée.
Jouvence étreint Daphnis à Galathée.
Un doux combat pâme sur les coussins
Ton flanc menu, Bérengère, et tes seins
Jusques au temps que vendange soit meure.
Or, en ces jours lugubres et malsains,
Amour s'enfuit, mais Vérole demeure.

L'embasicète aux harnais trop collants
Cherche, par les carrefours, sa pâtée
– Nourris, Vénus, les mornes icoglans ! –,
Ce pendant que matrulle Dosithée
Ouvre aux cafards la porte assermentée.
Las ! nonobstant baudruches et vaccins,
Durable ennui croît des plaisirs succincts.
Aux bords du Guadalquivir et de l'Eure,

52

Il faut prendre conseil des médecins :
Amour s'enfuit, mais Vérole demeure.

Maint prurigo végète sur vos flancs,
L'humeur peccante a votre chair gâtée,
Jeunes héros des entretiens brûlants !
Que l'hydrargyre et l'iode en potée
Lavent ce don cruel d'Épiméthée,
Robé par lui chez les dieux assassins,
Vivez encor pour tels joyeux larcins !
Et Priapus vous gard' de la male heure,
De Krysinska, des lopes, des roussins :
Amour s'enfuit, mais Vérole demeure.

ENVOI

Prince d'amour que fêtent les buccins,
Imitez la continence des Saints,
Jeune Adelswärd, gravez la chantepleure
De Valentine au trescheur de vos seings ;
Amour s'enfuit, mais Vérole demeure.

BALLADE À MES AMIS DE TOULOUSE

> Lorsqu'il arrivait que quelqu'un admirait la
> bonté de quelque viande en sa présence, il ne le
> pouvait souffrir…
> JACQUELINE PÉRIER. – *Vie de Pascal.*

Du Capitole à Saint-Aubin,
La ville où Bonfils se gangrène
Est accueillante pour l'aubain.
Dans ses murs de briques, la raine
Ranahilde jadis fut reine.
Mais les princes du tranchelard
Brillent toujours en cette arène :
On mange du veau chez Allard.

Foin du *puchero* maugrabin,
Des sterlets du Volga, du renne,
De ces grouses qu'offre un larbin
Et des tragopans de l'Ukraine.
Raca sur l'huître de Marenne,
Sur l'huître pareille au molard,
Sur la banane et la migraine :
On mange du veau chez Allard.

Viennent le puceau coquebin
Et la mérétrice foraine
(Ces gens ont-ils l'ordre du Bain ?)
Et Chérubin et sa marraine !
Il sied que la jeunesse apprenne
À conspuer Royer-Collard,
Parmi les coupes de Suresne :
On mange du veau chez Allard.

ENVOI

Prince trop gavé de murène,
Ce maître-queux sinistre a l'art
Des ragoûts à l'huile de frêne :
On mange du veau chez Allard.

BALLADE

> Le sang, la bile, toutes les humeurs qui s'écoulent des reins et de la peau sont constamment empoisonnés ; la santé, la vie même sans cesse menacées par la production ininterrompue de ces *venins humains*, tout aussi redoutables que ceux des reptiles les plus dangereux.
> *Almanach du Rural pour l'an 1890.*

Odeur de pieds, senteur de bouches,
Et ridicule énormément,
C'est Péladan-Tueur-de-Mouches.
Pour l'escadre et le régiment,
Pierre Loti, ce diamant
Quitte Nana, voire Isabelle.
Ces pasquins manquent d'agrément :
Nous les mettrons dans la poubelle.

Pas de phrases, ni de retouches !
Valabrègue prêta serment
D'égayer les femmes en couches.
Pompon gai comme un lavement,
Dubrujeaud couillon alarmant,
Et Poitrasson que ne rebelle
Oncques nazarde au fondement :
Nous les mettrons dans la poubelle.

Oh ! les chasser, telles des mouches
À viande ! Sus, bon Nécromant !
Icelui transforme en babouches,
L'un en porc et l'autre en caïman !
Ils sont le plus bel ornement
Du *Gil Blas* ! mais, sous cette ombelle,
Cueille-les rigoureusement :
Nous les mettrons dans la poubelle.

ENVOI

Prince, un dieu les garde. Comment
Les trucider par ribambelle ?
N'ayant plus l'essorillement,
Nous les mettrons dans la poubelle.

BALLADE 14 JUILLET

Clairons, trompettes et hautbois.
Chant du départ et *Marseillaise*
Beuglent sur le pavé de bois.
Les rousses-cagnes, dans leur fraise,
S'en vont au pourchas de la braise
Près du quai Michel, ce Lido ;
Voici le lendemain du treize :
Ça se fête *degueulando*.

Joseph Prudhomme et Pipenbois,
Les gentlemen de la Corrèze,
Ceux du Perche et ceux de l'Artois
Éructent mainte catachrèse
(Au veau l'on reconnaît la fraise !)
Le roussin avec le bedeau
Se convomissent à leur aise :
Ça se fête *degueulando*.

Mais, où donc est la fleur des pois ?
Montesquiou, Péladan, Barrès-e,
Les Bourget et les Dieulafoy
Sollicitant la diurèse ?
Les ceuss qui viennent de Manrèse,
Bloy vociférant son *credo*
Et mon frère Yve en Navarraise ?
Ça se fête *degueulando*.

Prince, qu'éleva dans Sorrèze
Un moine à tripes de vedeau,
Plus n'est besoin de rime en « rèse » :
Notre joie est combien française !
Ça se fête *degueulando*.

BALLADE DES BALLADES

Tous les almanachs portent les marques de
sa muse.

RIVAROL.

Tel Macrobe, ce doux gaga
Déjà trop mûr pour Proserpine,
Tel Nana-Saïb qu'élaga
La béate chauve et rupine,
Tancrède, Marseillais, opine
Et propage ce rythme qu'on
Engrosse comme une lapine :
Tancrède Machin est un sot.

La Ballade ! Ô cieux ! Quel zinc a
Celui qui plante cette épine !
Point n'est besoin de seringa,
De violette cisalpine.
Tancrède a la face poupine,
Il estime l'amer Picon.
La mouche fuit quand il jaspine :
Tancrède Machin est un sot.

Du fleuve Amazone au Volga,
D'Asnière à l'île Philippine,
Quel primate se distingua
Plus que Tancrède en la rapine

Oraculaire et turlupine ?
Que gardé soit-il du boucon,
De l'arsenic, de l'atropine !
Tancrède Machin est un sot.

ENVOI

Prince, dont l'engeance vulpine
Craint les dogues et le faucon,
Besogne dru, mange et popine :
Tancrède Machin est un sot.

BALLADE

ITÉRATIVE SUR LA CONCUPISCENCE
QUI NOUS TIENT DU PROBOSCIDE À MA TANTE VIAUD

On ne lit guère au parc Saint-Maur
L'œuvre Sidoine Apollinaire,
Ni Fulgence, ni Raban Maur.
Mais, loin du muf stellionaire,
Moi qui reviens de Saint-Lunaire
Aux fins d'être un peu diverti,
Parmi les groins qu'on vénère,
Je veux voir la trogne à Loti.

La jambe faite en cyclamor,
Peint d'un rouge extraordinaire,
Et fameux chez les gars d'Armor,
Loti, mignon quadragénaire,
À des brosseurs qu'il rémunère
Et des gabiers d'O'Taïti.
Yann Nibor charge son tonnerre,
Je veux voir la trogne à Loti.

À Sinaïa comme à Windsor,
Des rois il est le partenaire ;
Bourget n'a pas un tel essor.
Jean Aicard, babouin congénère,
Chasse les mouches de son aire
Par l'odeur dont il fut loti.

Ainsi qu'un astre sublunaire,
Je veux voir la trogne à Loti.

ENVOI

Princes d'un lourd dictionnaire,
Les vieilles gens du quai Conti
Célébreront son millénaire :
Je veux voir la trogne à Loti.

L'AMATEUR D'ÂMES

Si Barrès avait la beauté du corps,
Il mépriserait la législature,
Drumont et Quesnay qui le bran triture.
Il serait cabot, dentiste ou recors,
Dans les bois ombreux suivrait les dix-cors
Et, tout près de Gyp, aux accords des cors,
On exalterait sa noble stature,
Si Barrès avait la beauté du corps !

Des courses à pied battant le records,
Il enjamberait les chiques voitures.
Même il dénouerait, parfois, des ceintures
Et de Bérénice il verrait les cors.
Sur un long divan de Smyrne ou d'Angkor,
Elle, se pâmant, lui dirait : « Encor »,
Toute prête à d'exquises courbatures,
Si Barrès avait la beauté du corps !

Mais Barrès n'a pas la beauté du corps.
Ah ! pour lui, combien marâtre, Nature
L'a fait de tout point en caricature.
Maurras dont le nez se fond en ichors,
Cherche vainement des tropes accorts
Pour louer sa taille ou ses justaucorps
Et pour acclamer sa candidature.
Car Barrès n'a pas la beauté du corps.

Madame, lisez dans Bonaventure
Des Perriers ou chez le sieur des Accords
De tels vieux cocus les mésaventures.
Lui, pour déterger son air de roture,
Vit près de « madame » en parfait accord.
Non, Barrès n'a pas la beauté du corps.

DISTIQUES MOUS

La chauve-souris, à l'aile brune,
Danse grotesquement sur la lune.

Galope le lièvre. La rainette
Verte pousse un *mi* de clarinette

Et, dans les fragrances du silence,
La nuit aux cheveux d'or se balance.

Rousse, de balsames attifée
L'abricotier bleu t'ait décoiffée.

Ton ventre, le nénuphar obscène,
A pipé ma chair comme une seine,

Et je chois sur le gazon des sentes :
Ô les défaillances lactescentes !

Le cheiroptère à l'aile indécise
Fuit la nue où Sélène est assise.

Dormir, le lièvre. En des champs d'ivraie,
Lamentent la sorcière et l'orfraie.

Moi – tout seul – comme l'onocrotale,
M'imbibe l'extase digitale.

Poèmes élégiaques

SONNET

Bien que je sois brisé comme sont les frégates
Qu'emporte l'Océan sur les récifs houleux,
J'ai gardé le trésor de mes beaux rêves bleus
En des coffrets ornés de perles et d'agates.

Je remonte parfois le fleuve nébuleux
De l'enfance, bordé de flores délicates,
Et je revois passer les robes écarlates
Des Anges disparus dans les ciels fabuleux.

Les jardins sont remplis de valseuses pâmées,
Les roses dans le vin se meurent, parfumées,
Les baisers ont une aile et passent en riant :

À travers les bosquets montent des sons de lyre,
Tandis que sur la fête éprise de délire
L'étoile Poésie éclot à l'orient.

SONNET

Mes désirs vont vers toi comme des tourterelles,
Vers toi pleine de grâce et pleine de bonté,
Et s'accoitent parmi les fleurs surnaturelles
Écloses au jardin vermeil de ta beauté.

Mais, ravivant l'horreur des anciennes querelles,
Des souvenirs amers, comme un chœur irrité,
Pleurent dans le roucoulement des tourterelles,
Et s'éveillent au fond de ma sérénité.

Déjà sur mes cheveux les neiges automnales
Ont posé la pâleur des suprêmes adieux ;
Les anges ont rouvert leurs ailes sidérales.

Laisse-moi m'enivrer de baisers radieux
Et, longuement bercé par tes mains virginales,
Oublier les soleils endormis dans mes yeux.

LA PORTE DE L'ÉGLISE

La porte de l'église est pour toujours fermée,
Mignonne ; nos baisers ne s'y cacheront plus,
Comme des nids d'oiseaux furtifs sous la ramée :
De nos belles amours les derniers vers sont lus.

Tu ne me diras plus ces mots tant doux que l'ombre
Amicale faisait vibrer parmi les soirs,
Et qui montaient, unis à travers la nef sombre
Au mystique parfum tombé des encensoirs.

Je ne sentirai plus ta chevelure blonde
S'épancher sous mes doigts au bruit des saints concerts
Et le vitrail de pourpre et d'or où surabonde
La flamme, s'éteindra le long des murs déserts.

Je ne te verrai plus tremblante et radieuse,
À l'heure où le soleil meurt dans les cieux cuivrés,
Entrer avec la nuit dans l'enceinte pieuse
D'où vers le ciel nos cœurs s'envolaient enivrés.

Ce beau rêve entrevu dans nos saisons premières,
Qui s'exhala du nid par un matin d'avril,
Et qui n'a pu durer jusqu'aux roses trémières,
Ce beau rêve d'un jour, un jour renaîtra-t-il ?

Renaîtra-t-il un jour, mignonne, de sa cendre ?
Ne redira-t-il plus son *lied* mélodieux,

Et sur le noir coffret de bois de palissandre
Faut-il mettre le sceau des éternels adieux ?

Hélas ! tel est le sort de toute amour humaine,
De s'éteindre bientôt dans l'azur incertain :
Le caprice d'un jour, qui loin de moi t'emmène,
N'est rien moins qu'un arrêt sans appel du Destin.

Oui, la Joie ici-bas ne fait pas sa demeure,
Tu le sais ; et, pareille à la fleur du cactus,
Ne s'ouvre qu'une fois et ne fleurit qu'une heure
Dans nos cœurs, noirs écueils par la douleur battus.

Adieu donc, toi qui fus jadis ma bien-aimée,
Et qu'emporte à présent quelque lointain reflux…
La porte de l'église est pour toujours fermée :
De nos belles amours les derniers vers sont lus.

SURSUM CORDA !

Quand la Beauté, pleurant comme un ange malade
Qu'étouffe l'air impur de ce temps odieux,
Remonte, oiseau blessé, dans la clarté des cieux,
Et jette au cœur des nuits son ultime roulade,

Heureux celui qui peut des soleils radieux,
Pour dérober la flamme, essayer l'escalade
Et qui, ne craignant pas le destin d'Encelade,
Sur leurs trônes d'azur va susciter les Dieux.

Nous serons de ceux-là si la mort nous respecte :
Car nous ferons splendir dans la forme correcte
Le rêve fraternel qui hante nos cerveaux.

Et nous vivrons, pareils à ces dompteurs sublimes
Qui, dédaignant la terre et ses plus fières cimes,
Font cabrer en plein ciel leurs féroces chevaux.

1879.

73

LES CITHARISTES DE LA RUE

Hâves, déguenillés, mais l'œil plein d'étincelles,
Sous les larges soleils et les frimas glacés,
Partout ils vont chantant, tendant leurs escarcelles,
Rarement accueillis et souvent repoussés.

Ce sont de beaux enfants de la chaude Italie
Ou des minnesingers du pays d'outre-Rhin,
Que le Démon de l'Art, l'Amour et la Folie
Poussent vers d'autres cieux. Air calme et front d'airain,

Ils passent en rêvant dans le fracas des villes,
Artistes impuissants, quelquefois incompris,
Emportant dans leur sein des semences fertiles
Et dardant sur ce monde un immense mépris.

Leur esprit souple et fort peuple de larges drames,
Dont les décors sont faits d'espace et de soleil.
La harpe sur le dos, par les cités infâmes,
Ils avancent toujours vers l'Idéal vermeil.

Pour rompre le lien de maudites souffrances,
Trouver la fleur qui chante ou le dalhia bleu,
Pour cueillir des moissons d'amour et d'espérance,
Ils ont dit à leur ciel un éternel adieu.

La plupart ont vidé de sinistres calices
Et leurs yeux si profonds sont creusés par des pleurs :

Ils ont, martyrs obscurs, après de longs supplices,
Trouvé l'insouciance au fond de leurs douleurs.

Mais, lorsque, déchirant d'ardentes symphonies,
Leur âme vibre au fond de l'instrument, alors
Ils oublient tout : affronts, misère, ignominies.
Car la Muse à leurs pieds répand tous ses trésors.

L'inculte violon pleure, crie et lamente
Et, comme un cœur blessé, palpite sous leur main.
Le Chasseur, pâle encor de la noire tourmente,
Dans les bois de *Freyschütz* leur montre le chemin.

Et, souvent, attendris par des notes étranges,
Les passants inquiets s'attroupent autour d'eux
Et les gros sous, tombant à leurs pieds dans les fanges,
Transforment en festin leur souper hasardeux.

Toujours chanter ! Toujours marcher ! Voilà leur vie.
Et quand, parfois, un d'eux ne se réveille pas,
Ses frères, libres cœurs, avec un air d'envie
Baisent son front glacé par le vent du trépas.

Sur le bord du chemin ils creusent une fosse,
Pour l'éternel sommeil ferment ses vastes yeux :
Et, sans verser les pleurs feints d'une douleur fausse,
Ils enterrent son corps, la face vers les cieux.

Cauterets, août 1871.

SONNET

Dans la neige et la pourpre où les soleils pâlis
Viennent boire en mourant ta senteur généreuse,
Amaryllis ! ô lis, superbe entre les lis,
Une douleur profonde et royale se creuse.

Déjà les soirs plus brefs de fraîcheur sont emplis
Et, le long des jardins peuplés de tubéreuses,
Comme une veuve sous sa robe aux larges plis,
L'Automne jette au vent sa plainte douloureuse.

Voici la Mort qui frappe aux portes de l'Été !
Et ton parfum, dans la nuit mauvaise emporté,
Baigne de sa langueur les couchants pathétiques.

Hélas ! je t'ai cueillie, ô fleur du désespoir,
Et, triste comme toi, sentant venir le soir,
J'exhale avec orgueil mes suprêmes cantiques.

SONNET

À l'Innommée, à la Furtive, à l'Inconnue
Que mon désir appelle et n'évoquera pas,
À l'Ange secouant des roses sous ses pas,
À l'Idole que voile une impalpable nue !

Que sa gorge ait vêtu la lourdeur des lampas
Ou que sous le ciel d'or flambe sa grâce nue,
Châtelaine surprise au fond de l'avenue,
Sainte pour la prière entr'ouvrant ses beaux bras :

Qu'elle soit Ophélie, Hélène ou Béatrice,
Le Démon protecteur, la Muse inspiratrice,
Ou l'Amante de pierre aux flancs invulnérés :

J'offre comme un bouquet déjà flétri ces rimes vaines :
Tels, les Athéniens apportaient des verveines
À l'autel blanc et pur des cultes ignorés.

SONNETS FRILEUX

I

OCTOBRE

Parfois, au mois de juin, les roses remontantes,
Surprises par l'éclat rajeuni du soleil,
S'alanguissent et de leurs robes éclatantes
Dévêtent dans la nuit le prestige vermeil.

Elles meurent ainsi, vierges et palpitantes,
Comme des cygnes blancs amoureux du sommeil,
Sur l'arbrisseau quittant des sœurs moins inconstantes,
Que l'Automne caresse à son premier éveil.

Je sais maints cœurs aussi qui, pareils à ces roses,
Brisés par le contact de l'homme aux yeux moroses,
N'ont pu, dans leur avril, donner de floraison.

Cœurs pleins de rhythmes d'or et de voix argentines,
Qui gardent noblement, comme les églantines,
Des germes radieux pour l'arrière-saison.

Octobre 1876.

II

NOVEMBRE

La mort dans le grand ciel épand des avalanches
Où les divins soleils roulent ensevelis ;
Les nids déshonorés s'écroulent sur les branches
Et la neige frissonne au bord des cieux pâlis.

Les vanneaux fugitifs et les cigognes franches,
Dans l'azur embrumé d'un virginal surplis
S'éloignent, et leurs cris bercent les plaines blanches
Où fleurissait l'orgueil intéméré des lis.

La terre dort. Elle a porté dans ses entrailles
Les germes nourriciers des fécondes semailles,
Elle a fait ruisseler la pourpre du raisin.

Et maintenant que l'homme insouciant s'abreuve
Du meilleur de sa vie, elle, comme une veuve,
Endort en un long deuil les fièvres de son sein.

INSCRIPTION POUR UN RYTHON

Le très savant potier qui modela ce vase
Te salue, ô chercheur de rhythmes, qui boiras
Dans l'argile tordue un vin chargé d'extase,
Bercé par la chanson d'éphèbes aux beaux bras.

Puisse éclater pour toi dans la coupe sonore
L'hymne qui dort au fond du nectar miellé
Et fleurir le sommeil bienfaisant dont s'honore
Le dompteur Iakkos qu'enfanta Sémélé.

STANCES POUR LE NOUVEL AN

La belle dame de Paris
Trottine par le brouillard gris
Du matin, à pas de souris.

Son manchon de loutre ou d'hermine
Sur son nez rose, elle chemine
D'une façon leste et gamine.

Le trottoir est un lac gelé
Où son talon ensorcelé
Semble un papillon sur le blé.

Point d'atours ni de fanfreluches ;
Mais, pour braver les coqueluches,
La gamme des sombres peluches.

La voilette rouge, sur ses
Cheveux d'avoine mal lissés,
Met des tons de pourpre foncés.

Les Clymènes et les Zerlines,
Sur les potiches zinzolines,
Du même air croquent des pralines.

La printanière blondeur
De sa gorgerette a l'odeur
Amène de l'*Iris-powder*.

Et son fin museau de belette
Rit à souhait pour la palette
De Fragonard ou de Willette.

Depuis le Gymnase, où renaît,
Chaque soir, monsieur George Ohnet,
Jusque au *Gaulois*, on la connaît.

Les hommes graves, par centaines,
Gantent leurs plus belles mitaines,
Pour escorter ses prétantaines.

Et, surgissant on ne sait d'où,
Ce vieux coureur de guilledou,
Le Soleil, vient baiser son cou.

Or, cette dame qui s'avance
Est celle qui, pour redevance,
Nous apporte deuil ou chevance.

Au gui l'an neuf ! Le houx en fleur,
De Christmas à la Chandeleur,
S'épanouit, ensorceleur.

Les Rois des terres levantines
Aux Porcherons chantent matines
Et subornent les Valentines.

La bûche flambe. Au gui l'an neuf !
Tel un oisillon de son œuf,
L'heure s'échappe. Trois ! six ! neuf !

Douze ! Et la flamme ranimée.
À travers la rose fumée,
Exhale une âme parfumée.

ÉPIGRAMME

Comme un cygne qui dort au pied de la montagne,
Avec ses blés mûris, ses prés de velours vert,
Et ses blanches maisons dont le seuil entr'ouvert
Laisse filtrer des chants que l'Adour accompagne,

La ville des baisers, Bagnère, aux vents du soir
Livre sa nudité de nymphe et de baigneuse.
Les paroles d'amour sur sa lèvre rieuse,
Pareilles à de blonds ramiers, viennent s'asseoir.

Tempée et le Lignon n'ont pas d'ombres plus fraîches
Que ses tilleuls fleuris d'où pleuvent des parfums :
Ah ! vos rires perdus, filles aux sourcils bruns,
Dont la bouche eut l'odeur enivrante des pêches !

PROSOPOPÉE DE TOULOUSE [1]

C'est moi, la ville du Soleil : je suis Toulouse,
Blanche et rose sous le flot noir de mes cheveux.
Ma Garonne d'azur que l'Univers jalouse
Chante un hymne d'espoir et d'éternels aveux.

Le long des murs de brique, en l'illustre prairie
Où brille encore le temple auguste d'Apollon,
Son onde bienveillante et de roses fleurie
Endort le jeune dieu riant sous ses crins blonds.

Je suis Toulouse chère à Pallas et je garde,
Loin du troupeau sans âme et des rois odieux,
Comme un lis exalté sur la foule hagarde,
Le culte de la Vie et des antiques Dieux.

J'ai chanté la Jeunesse et la gloire Féconde
Et, quand le Christ vainqueur eut souffleté l'Amour,
Pour éclairer sa nuit et refleurir le Monde,
J'éveillai doucement le luth des troubadours.

La lumière divine et tutélaire embrase
Mes remparts, et je vais, loin des cloîtres malsains,
Par les sentiers fleuris de treilles, et j'écrase
Sur mon sein marmoral la pourpre des raisins.

---

1. Poème récité par Mme Vergny-Choley, au théâtre des *Variétés* de Toulouse, le 5 mars 1897.

Les nocturnes amants, sonneurs de sérénades,
Sous les tilleuls qu'argente une chaude clarté,
Éparpillent, le soir, devers mes promenades,
Un cantique d'orgueil, de force et de gaîté.

Toujours, à mon appel, se dressent les poètes.
L'éternelle Beauté qui n'a jamais pâli
D'un rameau fraternel a couronné vos têtes,
Maîtres harmonieux, Silvestre et Goudouli !

Et vous tous, curieux d'art et de poésie,
Toulousains, chers enfants grandis à mes genoux,
Je vous salue, ô foule ingénue et choisie :
Athéniens du Languedoc ! Salut à vous !

NOCTURNE

Charmeresse aux pâleurs nacrées,
La lune en fleur de messidor,
Sous les rames enténébrées,
Voltige comme un oiseau d'or.

Lis, tubéreuses, marjolaines
S'enveloppent de parfums lourds
Et nocturnes où les phalènes
Trempent leurs ailes de velours.

Et, du haut des viornes grêles,
Des aulnes au feuillage roux,
Sur l'étang festonné de prêles,
On entend huer les hiboux.

SONNET

Toute pâle, comme une sœur,
À la tristesse qui s'oublie
La Lune verse la douceur
Blanche de sa mélancolie.

Ô Lune pâle qui délie,
Liliale en le soir berceur,
Ta lueur d'opale appâlie
A la douceur d'une alme sœur.

Verse l'oubli, Sélène blonde !
Et berce, dans la nuit profonde,
Berce les cœurs endoloris.

Lis unique ! Rose trémière !
Sème ton pollen de lumière
Par les blondeurs où tu fleuris.

STANCES POUR ARMAND SILVESTRE

Les éphèbes au front couronné de verveines
Marchaient à pas égaux sous les platanes blancs ;
L'huile des jeux sacrés ruisselait de leurs flancs
Et leurs yeux rayonnaient de la gloire d'Athènes.

Un rêve harmonieux de force et de beauté
Prolongeait autour d'eux l'enivrement des choses
Et le divin Platon, parmi les lauriers-roses,
Leur parlait de sagesse et d'immortalité.

Deux à deux enlacés, à l'ombre des portiques,
Sous l'azur clair, avec des mots mélodieux,
Ils célébraient la forme et l'essence des Dieux
Et le miel s'épanchait des abeilles attiques.

J'ai tenté d'évoquer, aux heures du printemps,
Ces jours extasiés de force et de jeunesse ;
J'ai suivi dans les bois l'implacable Faunesse
Et baisé son visage aux rires éclatants.

J'ai mêlé dans la coupe offerte les dictames
Dont Éros, le dompteur glorieux, m'exalta
Aux philtres abhorrés de l'âpre Symétha :
Candeur ! Ô les soleils des jours que nous chantâmes !

Puis le soir est venu sans porter à ces chants
Un peu que j'espérais de bonheur et de gloire :

Les lis ont refermé leurs corolles d'ivoire
Et leur âme expirée endeuille les couchants.

Mais je bénis la Lyre, ô Maître, et je l'honore
Pour l'éternel désir que son nom m'a versé,
Pour l'insigne lueur qui dore mon passé,
Pour l'orgueil invaincu de la strophe sonore.

Et je vous dis : Salut ! Nos Dieux vivent toujours !
Rien ne pourra dompter leurs forces renaissantes.
Les Muses aux beaux bras et les Grâces décentes,
Comme au matin du monde, emplissent nos discours.

Chantons comme, autrefois, à l'ombre des portiques,
Les beaux Athéniens aux cheveux ceints de fleurs :
Et retrouvons encore, au milieu des douleurs,
Les sons graves et purs des cithares antiques.

LAOCOON

Les serpents furieux venus de Ténédos
Font bruire la mer sous leurs croupes énormes,
Et leurs troncs ondoyants, pareils à des troncs d'ormes,
Émergent en sifflant de l'écume des flots.

Mais le prêtre impassible et ceint de bandelettes,
Sur le sable d'azur marche orgueilleusement :
Et, ne prévoyant pas l'horreur du châtiment,
Ses enfants devant lui portent des cassolettes.

Mais bientôt, enlacés par les infâmes nœuds,
Ils sentent à leur front le venin des reptiles
Et, sous l'horreur des crocs et des baves subtiles,
Se tordent comme au vent les nerpruns épineux.

L'immonde embrassement de plus près les attache :
Groupe horrible ! où, debout et maudissant les Dieux,
Le grand Laocoon expire, furieux,
Avec les beuglements d'un taureau sous la hache.

HYMNE À DIONYSOS

Liturgie orphique

Dans un rhythme correct et pur comme une amphore
J'invoquerai d'abord Iakkhos Thesmophore,

Le Dieu mâle et femelle, et que la noire Isis
Enfanta. Les parfums du temple d'Eleusis

Brûlent pour lui. L'encens, le styrax et la manne
Décorent le parvis interdit au profane.

Et toi qui des combats aimes le bruit sacré,
Evan Bassaréen, je te célébrerai.

Je te célébrerai dans tes gloires énormes,
Dompteur aux mille noms, et sous toutes tes formes :

Soit que, le thyrse en main et des pampres au front,
Les Ménades, autour de toi, dansent en rond ;

Soit que ton bras vainqueur arrête les cavales
En rut, ô furibond qui te plais aux cymbales ;

Soit que tu prêtes au doux vin resplendissant
L'éclat mystérieux des roses et du sang

(Au vin sonore qui frémit dans le canthare,
Plein d'orgueil et de joie ainsi que la cithare) ;

Et que la vieille Terre apprenne à ses échos
Le vénérable nom du bienfaisant Bakkhos.

Salut, ô bienheureux jeune homme ! Secourable !
Accueille nos présents d'un regard favorable.

Ô toi dont les cheveux comme de clairs soleils
Fulgurent, induis-nous en de sages conseils :

Et protège le toit de ceux qui, sur la terre,
S'en vont initiant la foule à ton mystère.

HYMNE

Toi le plus beau des Dieux et le seul pitoyable,
Toi seul qui rajeunis l'homme déshérité,
Et laves de tes mains l'horreur inexpiable
Du travail dégradant et de la pauvreté ;

Jeune homme aux yeux pensifs, qui, sur ton char nocturne,
Peux marcher comme Evan traîné par des lions.
Tes lourds baisers, pareils au Léthé taciturne,
Sont experts à calmer toutes rébellions.

Ton pied n'a pas chaussé la knémide sonore,
Le Parnès n'a pas vu voler tes flèches d'or,
Mais, dans l'ombre où le rêve immense peut éclore,
Le Monde douloureux entre tes bras s'endort.

Car l'Univers flétri par la haine et les fièvres
Et qui souffre, oublieux de l'Olympe vermeil,
Depuis dix-huit cents ans, vers toi seul tend ses lèvres,
Comme vers un ruisseau consolant, ô Sommeil !

Pour moi, chanteur épris des extases sans trêve,
Qui m'enivre des bois, du grand ciel et des eaux,
Fais fleurir sur mon front l'irréprochable rêve,
Fais chanter en mon cœur d'invisibles oiseaux.

Effeuille autour de moi les plantes funéraires
Aux jardins de la Nuit éclose sous tes pas,

Les pavots endormeurs, les noires cinéraires,
D'où tombe comme un vin la douceur du trépas.

Afin que, dans l'azur où les heures d'ébène
Des astres fugitifs rallument le flambeau,
Mon âme, dépouillant toute douleur humaine,
Monte se rajeunir aux sources du vrai Beau.

Et je t'adorerai suivant le rit antique,
Jusqu'à l'heure indécise où, du ciel emperlé,
L'alouette dira son matinal cantique
Au soleil radieux du jour renouvelé.

HYMNE ANTIQUE

Hominium Divùmque voluptas,
Alma Venus !

Aphrodité, Déesse immortelle, aux beaux rires,
Qui te plais aux chansons lugubres des ramiers,
Les cœurs mortels par toi vibrent comme des lyres,
Et le Printemps gonfle de sève les pommiers.

Salut, Génératrice auguste de la vie,
Qui courbes à ton joug les monstres furieux,
Qui fais voler la lèvre à la lèvre ravie,
Cypris ! ô volupté des hommes et des dieux !

C'est par toi que, le soir, à l'ombre des allées,
Imbus d'ivresse et de langueur appesantis,
Les éphèbes, sous les ramures emperlées,
Chantent l'hymne vermeil de leurs oarystis :

C'est pour toi qu'effeuillant la pourpre renaissante,
La rose dit au vent son désir embaumé
Et que la vierge apporte, heureuse et rougissante,
Sa couronne et son cœur aux bras du bien-aimé.

Et c'est toi qui, rhythmant les divines étoiles,
Fais tressaillir d'amour le cœur de l'Univers,
Afin que l'harmonie en qui tu te dévoiles
Apprenne aux hommes purs à composer des vers.

95

Je t'implore, Déesse immense et vénérable,
Soit que, glorifiant les soleils rajeunis,
Sous les myrthes en fleurs et les bosquets d'érable
Tu couvres de baisers les songes d'Adônis ;

Soit que le dur Arès t'enchaîne à sa victoire,
Ou que, domptant les flots, ô Mère des Amours,
La très sainte Lesbos murmure ton histoire ;
Mon encens à tes pieds s'exhalera toujours.

Garde-moi de l'ennui, de la vieillesse immonde
Et, poète vêtu d'orgueilleuse splendeur,
Ô Reine qui formas et gouvernes le Monde,
Avant tout, garde-moi de l'infâme laideur !

Fais que je tombe dans ma force et ma jeunesse,
Que mon dernier soupir ait un puissant écho,
Et, pour qu'un jour mon âme en plein soleil renaisse,
Que je meure d'amour comme Ovide ou Sappho.

SONNET

Ton col surgit du sein comme une tour d'ivoire,
Jeune homme ! Les anneaux sombres de tes cheveux
Flottent sur sa pâleur, liquides et plus bleus
Que la Nuit aux jeux d'or, en sa robe de moire.

Sous le maigre habit noir, tes flancs purs et nerveux
Des marbres consacrés éternisent la gloire ;
Et la bouche sanglante est le tiède ciboire
Où revit la senteur des chrêmes fabuleux.

Ton beau corps cependant, aux lignes cadencées,
Jamais n'assouvira l'amour des fiancées :
Tes larges yeux, pareils aux gouttes de la mer,

Ne descendront jamais de leurs ciels poétiques
Où rêvent, fraternels, les éphèbes antiques
Et Narcisse au grand cœur qui mourut de s'aimer.

VERS POUR MISS LILIAN

Avez-vous adoré les vierges ascétiques,
Les saintes de Memling, d'Holbein ou d'Orcagna,
Ces corps impollués dont l'âme regagna
Dans toute sa candeur le ciel d'or des triptyques ?

Avez-vous, quand la nuit emplit de sa fraîcheur,
De l'abside au parvis, les hautes cathédrales,
Salué dans l'encens déroulant ses spirales
Un rêve harmonieux fait d'ombre et de blancheur !

Traînant un doux parfum d'ambre et de marjolaine,
Aux marges des missels que fait resplendir l'or,
Avez-vous vu prier Yseult ou Blancheflor,
Plus belles qu'autrefois la Tyndaride Hélène ?

Telle vous rayonnez en nos âges maudits,
Lilian, vierge au nom séraphique et sonore,
Et vous êtes pareille aux grands lis que décore
Le rayon entrevu des lointains Paradis.

Lis secouant l'or fin des lourdes étamines,
Lis fleuris dans la main de l'ange Raphaël,
Lis embaumant les prés où les fils d'Israël
Vont paître leurs troupeaux plus blancs que les hermines :

Les orgueilleuses fleurs parent votre beauté
Et vers vous, doucement, de leurs hampes écloses,

Par de subtiles et lentes métamorphoses,
Monte un peu de leur charme et de leur pureté.

Et, comme un vol doré de lascives abeilles
Qui meurt parmi les lis d'un paradis perdu,
Succombent tristement les désirs éperdus,
Sous le rire acéré de vos lèvres vermeilles.

LES FLEURS D'OPHÉLIE

À Stéphane Mallarmé.

Sweets to the sweet...
And from her fair and unpolluted flesh.
May violets spring !...

Fleurs sur fleur ! fleurs d'été, fleurs de printemps, fleurs
[blêmes
De novembre épanchant la rancœur des adieux,
Et, dans les joncs tressés, les fauves chrysanthèmes ;

Les lotus réservés pour la table des dieux ;
Les lis hautains, parmi les touffes d'amarantes,
Dressant avec orgueil leurs thyrses radieux ;

Les roses de Noël aux pâleurs transparentes,
Et puis toutes les fleurs éprises des tombeaux :
Violettes des morts, fougères odorantes,

Asphodèles, soleils héraldiques et beaux,
Mandragores criant d'une voix surhumaine
Au pied des gibets noirs que hantent les corbeaux.

Fleurs sur fleur ! Effeuillez des fleurs ! Que l'on promène
Des encensoirs fleuris sur le tertre où, là-bas,
Dort Ophélie avec Rowena de Tremaine.

Amour ! Amour ! et sur leurs fronts que tu courbas
Fais ruisseler la pourpre extatique des roses,
Pareille au sang joyeux versé dans les combats.

Jadis elles chantaient, vierges aux blondeurs roses,
Les Amantes des jours qui ne renaîtront plus,
Sous leurs habits tissus d'ors fins et d'argyroses.

Ô lointaine douceur des printemps révolus !
Épanouissement auroral des Idées !
Porte du ciel offerte aux lèvres des élus !

Les vierges, à présent, mortes ou possédées,
Sont loin ! bien loin ! L'espoir est tombé de nos cœurs,
Telles d'un arbre mort les branches émondées :

Et l'Ombre, et les Regrets, et l'Oubli sont vainqueurs.

À travers les iris et les joncs, Ophélie
Abandonne son âme aux murmures berceurs
Du fleuve seul témoin de sa mélancolie.

Et voici qu'au fond des verdâtres épaisseurs
Tintent confusément des harpes cristallines
Attirantes avec leurs rythmes obsesseurs.

L'or diffus du soleil empourpre les collines
Par-delà le château d'Elseneur et les tours
Qu'assombrissent déjà les ténèbres félines.

La Nuit féline dans sa robe de velours
Berce les eaux, les vals profonds et les ciels mornes,
Et des saules noueux estompe les contours.

Et les nuages roux du ponant sont des mornes
Où grimpent, lance au poing, d'atroces cavaliers
Éperonnant le vol furieux des licornes.

Or la Dame qui rêve aux serments oubliés
Marmonne un virelai très ancien. La démence
Élargit sur son front les deuils multipliés.

Fleurs sur fleur ! Des sanglots éteignent sa romance,
Tandis que, les cheveux couronnés de jasmin,
Elle s'incline vers les joncs du fleuve immense.

Les Nixes, près du bord, lui montrent le chemin,
Et, calme, au fil de l'onde, en les glauques prairies
Elle descend avec des bleuets dans la main.

Les fleurs palustres sur ses paupières meurtries
Poseront le dictame adoré du sommeil,
Dans des jardins de nacre au sol de pierreries.

Sous les porches d'azur où jamais le soleil
Ne dore des galets la candeur ivoirine,
Sous les nymphéas blancs teintés de sang vermeil,

Ophélie a fermé ses yeux d'aigue-marine.

TABLE

POÈMES ÉLÉGIAQUES

Dans la collection Les Cahiers Rouges

Anthony Burgess *Pianistes*

Michel Butor *Le Génie du lieu*

Erskine Caldwell *Une lampe, le soir…*

Henri Calet *Contre l'oubli* ■ *Le Croquant indiscret*

Truman Capote *Prières exaucées*

Hans Carossa *Journal de guerre*

Blaise Cendrars *Hollywood, la mecque du cinéma* ■ *Moravagine* ■ *Rhum, l'aventure de Jean Galmot* ■ *La Vie dangereuse*

Paul Cézanne *Correspondance*

André Chamson *L'Auberge de l'abîme* ■ *Le Crime des justes*

Jacques Chardonne *Ce que je voulais vous dire aujourd'hui* ■ *Claire* ■ *Lettres à Roger Nimier* ■ *Propos comme ça* ■ *Les Varais* ■ *Vivre à Madère*

Edmonde Charles-Roux *Stèle pour un bâtard*

Alphonse de Châteaubriant *La Brière*

Bruce Chatwin *En Patagonie* ■ *Les Jumeaux de Black Hill* ■ *Utz* ■ *Le Vice-roi de Ouidah*

Jacques Chessex *L'Ogre*

Hugo Claus *La Chasse aux canards*

Emile Clermont *Amour promis*

Jean Cocteau *La Corrida du 1er mai* ■ *Les Enfants terribles* ■ *Essai de critique indirecte* ■ *Journal d'un inconnu* ■ *Lettre aux Américains* ■ *La Machine infernale* ■ *Portraits-souvenir* ■ *Reines de la France*

Pierre Combescot *Les Filles du Calvaire*

Vincenzo Consolo *Le Sourire du marin inconnu*

John Cowper Powys *Camp retranché*

Jean-Louis Curtis *La Chine m'inquiète*

Salvador Dali *Les Cocus du vieil art moderne*

Léon Daudet *Les Morticoles* ■ *Souvenirs littéraires*

Edgar Degas *Lettres*

Joseph Delteil *Choléra* ■ *La Deltheillerie* ■ *Jeanne d'Arc* ■ *Jésus II* ■ *Lafayette* ■ *Les Poilus* ■ *Sur le fleuve Amour*

Jean Desbordes *J'adore*

André Dhôtel *Le Ciel du faubourg* ■ *L'Île aux oiseaux de fer*

Charles Dickens *De grandes espérances*

Maurice Donnay *Autour du chat noir*

Alexandre Dumas *Catherine Blum* ■ *Jacquot sans Oreilles*

Umberto Eco *La Guerre du faux*

Ralph Ellison *Homme invisible, pour qui chantes-tu ?*

Oriana Fallaci *Un homme*

Dominique Fernandez *Porporino ou les mystères de Naples* ■ *L'Étoile rose*

Ramon Fernandez *Messages* ■ *Molière ou l'essence du génie comique* ■ *Philippe Sauveur* ■ *Proust*

A. Ferreira de Castro *Forêt vierge* ■ *La Mission* ■ *Terre froide*

Francis Scott Fitzgerald *Gatsby le Magnifique* ■ *Un légume*

Max-Pol Fouchet *La Rencontre de Santa Cruz*

Georges Fourest	*La Négresse blonde suivie de Le Géranium Ovipare*
Bernard Frank	*Le Dernier des Mohicans*
Jean Freustié	*Le Droit d'aînesse* ■ *Proche est la mer*
Max Frisch	*Stiller*
Carlo Emilio Gadda	*Le Château d'Udine*
Matthieu Galey	*Les Vitamines du vinaigre*
Claire Gallois	*Une fille cousue de fil blanc*
Gabriel García Márquez	*L'Automne du patriarche* ■ *Chronique d'une mort annoncée* ■ *Des feuilles dans la bourrasque* ■ *Des yeux de chien bleu* ■ *Les Funérailles de la Grande Mémé* ■ *L'Incroyable et triste histoire de la candide Erendira et de sa grand-mère diabolique* ■ *La Mala Hora* ■ *Pas de lettre pour le colonel* ■ *Récit d'un naufragé*
David Garnett	*La Femme changée en renard*
Paul Gauguin	*Lettres à sa femme et à ses amis*
Maurice Genevoix	*La Boîte à pêche* ■ *Raboliot*
Natalia Ginzburg	*Les Mots de la tribu*
Jean Giono	*Colline* ■ *Jean le Bleu* ■ *Mort d'un personnage* ■ *Naissance de l'Odyssée* ■ *Que ma joie demeure* ■ *Regain* ■ *Le Serpent d'étoiles* ■ *Un de Baumugnes* ■ *Les Vraies richesses*
Jean Giraudoux	*Adorable Clio* ■ *Bella* ■ *Eglantine* ■ *Lectures pour une ombre* ■ *La Menteuse* ■ *Siegfried et le Limousin* ■ *Supplément au voyage de Cook* ■ *La guerre de Troie n'aura pas lieu*
Ernst Glaeser	*Le Dernier civil*
Nadine Gordimer	*Le Conservateur*
William Goyen	*Savannah*
Jean Guéhenno	*Changer la vie*
Yvette Guilbert	*La Chanson de ma vie*
Louis Guilloux	*Angélina* ■ *Dossier confidentiel* ■ *Hyménée* ■ *La Maison du peuple*
Benoîte Groult	*Ainsi soit-elle, précédé de Ainsi soient-elles au XXIe siècle*
Jean-Noël Gurgand	*Israéliennes*
Kléber Haedens	*Adios* ■ *L'Été finit sous les tilleuls* ■ *Magnolia-Jules/L'école des parents* ■ *Une histoire de la littérature française*
Daniel Halévy	*Pays parisiens*
Knut Hamsun	*Au pays des contes* ■ *Vagabonds*
Joseph Heller	*Catch 22*
Louis Hémon	*Battling Malone, pugiliste* ■ *Monsieur Ripois et la Némésis* ■ *Maria Chapdelaine*
Pierre Herbart	*Histoires confidentielles*
Hermann Hesse	*Siddhartha*
Panaït Istrati	*Les Chardons du Baragan*

Henry James	*Les Journaux*
Pascal Jardin	*Guerre après guerre suivi de La guerre à neuf ans*
Alfred Jarry	*Les Minutes de Sable mémorial*
Marcel Jouhandeau	*Les Argonautes ■ Elise architecte*
Philippe Jullian, Bernard Minoret	*Les Morot-Chandonneur*
Ernst Jünger	*Rivarol et autres essais ■ Le contemplateur solitaire*
Franz Kafka	*Journal ■ Tentation au village*
Comte Kessler	*Cahiers 1918-1937*
Paul Klee	*Journal*
Jean de La Varende	*Le Centaure de Dieu*
Jean de La Ville de Mirmont	*L'Horizon chimérique*
Armand Lanoux	*Maupassant, le Bel-Ami*
Jacques Laurent	*Croire à Noël ■ Le Petit Canard*
Louis-Adhémar-Timothée Le Golif	*Cahiers de Louis-Adhémar-Timothée Le Golif, dit Borgnefesse, capitaine de la flibuste*
Paul Léautaud	*Bestiaire*
G. Lenotre	*Napoléon – Croquis de l'épopée ■ La Révolution française ■ Versailles au temps des rois*
Primo Levi	*La Trêve*
Suzanne Lilar	*Le Couple*
Malcolm Lowry	*Sous le volcan*
Pierre Mac Orlan	*Marguerite de la nuit*
Maurice Maeterlinck	*Le Trésor des humbles*
Vladimir Maïakowski	*Théâtre*
Norman Mailer	*Les Armées de la nuit ■ Pourquoi sommes-nous au Vietnam ? ■ Un rêve américain*
Antonine Maillet	*Les Cordes-de-Bois ■ Pélagie-la-Charrette*
Curzio Malaparte	*Technique du coup d'État*
Luigi Malerba	*Saut de la mort ■ Le Serpent cannibale*
Eduardo Mallea	*La Barque de glace*
André Malraux	*La Tentation de l'Occident*
Clara Malraux	*...Et pourtant j'étais libre ■ Nos vingt ans*
Heinrich Mann	*Professeur Unrat (l'Ange bleu) ■ Le Sujet!*
Klaus Mann	*La Danse pieuse ■ Mephisto ■ Symphonie pathétique ■ Le Volcan*
Thomas Mann	*Altesse royale ■ Les Maîtres ■ Mario et le magicien ■ Sang réservé*
Claude Mauriac	*Aimer de Gaulle ■ André Breton*
François Mauriac	*Les Anges noirs ■ Les Chemins de la mer ■ De Gaulle ■ Le Mystère Frontenac ■ La Pharisienne ■ La Robe prétexte ■ Thérèse Desqueyroux*
Jean Mauriac	*Mort du général de Gaulle*
André Maurois	*Ariel ou la vie de Shelley ■ Le Cercle de famille ■ Choses nues ■ Don Juan ou la vie de Byron ■ René ou la vie de Chateaubriand ■ Les Silences du colonel Bramble ■ Tourguéniev ■ Voltaire*

Frédéric Mistral *Mireille/Mirèio*
Thyde Monnier *La Rue courte*
Anatole de Monzie *Les Veuves abusives*
Paul Morand *Air indien ■ Bouddha vivant ■ Champions du monde ■ L'Europe galante ■ Lewis et Irène ■ Magie noire ■ Rien que la terre ■ Rococo*
Alvaro Mutis *Abdul Bashur ■ La Dernière escale du tramp steamer ■ Le Dernier Visage ■ Ilona vient avec la pluie ■ La Neige de l'Amiral ■ Un bel morir*
Vladimir Nabokov *Chambre obscure*
Sten Nadolny *La Découverte de la lenteur*
V.S. Naipaul *Crépuscule sur l'islam ■ L'Énigme de l'arrivée ■ Le Masseur mystique*
Irène Némirovsky *L'Affaire Courilof ■ Le Bal ■ David Golder ■ Les Mouches d'automne précédé de La Niania et Suivi de Naissance d'une révolution*
Gérard de Nerval *Poèmes d'Outre-Rhin*
Harold Nicolson *Journal 1936-1942*
Paul Nizan *Antoine Bloyé*
François Nourissier *Un petit bourgeois*
Luis Nucéra *Mes ports d'attache*
René de Obaldia *Le Centenaire ■ Innocentines*
Edouard Peisson *Hans le marin ■ Le Pilote ■ Le Sel de la mer*
Sandro Penna *Poésies ■ Un peu de fièvre*
Joseph Peyré *L'Escadron blanc ■ Matterhorn ■ Sang et Lumières*
Charles-Louis Philippe *Bubu de Montparnasse*
André Pieyre de Mandiargues *Le Belvédère ■ Deuxième Belvédère ■ Feu de Braise*
Raoul Ponchon *La Muse au cabaret*
Henry Poulaille *Pain de soldat ■ Le Pain quotidien*
Bernard Privat *Au pied du mur*
Annie Proulx *Cartes postales ■ Les Pieds dans la boue ■ Nœuds et dénouement*
Raymond Radiguet *Le Diable au corps suivi de Le bal du comte d'Orgel*
Charles-Ferdinand Ramuz *Aline ■ Derborence ■ Le Garçon savoyard ■ La Grande peur dans la montagne ■ Jean-Luc persécuté ■ Joie dans le ciel*
Paul Reboux, Charles Muller *A la manière de...*
Jean-François Revel *Sur Proust*
André de Richaud *L'Amour fraternel ■ La Barette rouge ■ La Douleur ■ L'Etrange Visiteur ■ La Fontaine des lunatiques*
Rainer-Maria Rilke *Lettres à un jeune poète*
Christine de Rivoyre *Boy ■ Le Petit matin*
Marthe Robert *L'Ancien et le Nouveau*
Christiane Rochefort *Archaos ■ Printemps au parking ■ Le Repos du guerrier*

Auguste Rodin *L'Art*
Daniel Rondeau *L'Enthousiasme*
Henry Roth *L'Or de la terre promise*
Jean-Marie Rouart *Ils ont choisi la nuit*
Mark Rutherford *L'Autobiographie de Mark Rutherford*
Maurice Sachs *Au temps du Bœuf sur le toit*
Vita Sackville-West *Au temps du roi Edouard*
Robert de Saint Jean *Passé pas mort*
Sainte-Beuve *Mes chers amis…*
Claire Sainte-Soline *Le Dimanche des Rameaux*
Peter Schneider *Le Sauteur de mur*
Leonardo Sciascia *L'Affaire Moro* ■ *Du côté des infidèles* ■ *Pirandello et la Sicile*
Jorge Semprun *Quel beau dimanche*
Victor Serge *Les Derniers temps* ■ *S'il est minuit dans le siècle*
Friedrich Sieburg *Dieu est-il Français ?*
Ignazio Silone *Fontarama* ■ *Le Secret de Luc* ■ *Une poignée de mûres*
Alexandre Soljenitsyne *L'Erreur de l'Occident*
Osvaldo Soriano *Jamais plus de peine ni d'oubli* ■ *Je ne vous dis pas adieu…* ■ *Quartiers d'hiver*
Philippe Soupault *Poèmes et poésies*
Roger Stéphane *Chaque homme est lié au monde* ■ *Portrait de l'aventurier*
André Suarès *Vues sur l'Europe*
Pierre Teilhard de Chardin *Ecrits du temps de la guerre (1916-1919)* ■ *Genèse d'une pensée* ■ *Lettres de voyage*
Paul Theroux *La Chine à petite vapeur* ■ *Patagonie Express* ■ *Railway Bazaar* ■ *Voyage excentrique et ferroviaire autour du Royaume-Uni*
Roger Vailland *Bon pied bon œil* ■ *Les Mauvais coups* ■ *Le Regard froid* ■ *Un jeune homme seul*
Vincent Van Gogh *Lettres à son frère Théo* ■ *Lettres à Van Rappard*
Giorgio Vasari *Vies des artistes* ■ *Vies des artistes, 2*
Vercors *Sylva*
Paul Verlaine *Choix de poésies*
Frédéric Vitoux *Bébert, le chat de Louis-Ferdinand Céline*
Ambroise Vollard *En écoutant Cézanne, Degas, Renoir*
Kurt Vonnegut *Galápagos* ■ *Barbe-Bleue*
Jakob Wassermann *Gaspard Hauser*
Mary Webb *Sarn*
Kenneth White *Lettres de Gourgounel* ■ *Terre de diamant*
Walt Whitman *Feuilles d'herbe*
Oscar Wilde *Aristote à l'heure du thé*
Monique Wittig, Sande Zeig *Brouillon pour un dictionnaire des amantes*
Jean-Didier Wolfromm *Diane Lanster* ■ *La Leçon inaugurale*
Émile Zola *Germinal*
Stefan Zweig *Brûlant secret* ■ *Le Chandelier enterré* ■ *Erasme* ■ *Fouché* ■ *Marie Stuart* ■ *Marie-Antoinette* ■ *La Peur* ■ *La Pitié dangereuse* ■ *Souvenirs et rencontres* ■ *Un caprice de Bonaparte*

9 782246 805267